# **Analyse** de l'œuvre

Par Nathalie Roland
et Florence Balthasar

# **La Vague**

de Todd Strasser

# Rendez-vous sur lepetitlitteraire.fr et découvrez :

Plus de 1200 analyses
Claires et synthétiques
Téléchargeables en 30 secondes
À imprimer chez soi

# TODD STRASSER

## ROMANCIER ET NOUVELLISTE AMÉRICAIN

- **Né en 1950 à New York**
- **Quelques-unes de ses œuvres :**
  - *La Vague* (1981), roman
  - *Give a Boy a Gun* (2000), roman
  - *Can't Get There from Here* (2004), roman

D'origine new-yorkaise, Todd Strasser a voyagé en Europe avant de retourner aux États-Unis pour étudier la littérature. Il entame sa carrière d'écrivain en rédigeant des articles et des nouvelles pour les journaux *The New Yorker* et *New York Times*. En 1978, il publie son premier roman, *Angel Dust blues*. Ses livres s'adressent à un public jeune et abordent des thèmes comme la violence et les problèmes des adolescents, ainsi que les enjeux de société. Il adapte également plusieurs histoires au cinéma comme *Home Alone*, *Jumanji* ou *Sauvez Willy*. Mondialement reconnu depuis *La Vague*, il a connu un grand succès avec sa série d'ouvrages *Piégé dans...* (1993-2001).

# LA VAGUE

## UNE HISTOIRE INSPIRÉE DE FAITS RÉELS

- **Genre :** roman
- **Édition de référence :** *La Vague*, traduit par Aude Carlier, Paris, Jean-Claude Gawsewitch Éditeur, 2008, 220 p.
- **1<sup>re</sup> édition :** 1981
- **Thématiques** : expérimentation, Seconde Guerre mondiale, nazisme, pouvoir, peur, dictature, idéologie, extrémisme

Publié en 1981, *La Vague* s'inspire de faits réels qui se sont déroulés au lycée Cubberley à Palo Alto en Californie en 1967. Ron Jones, professeur d'histoire, se lance dans une expérience pour montrer le fonctionnement d'un régime fasciste et l'attitude de la population allemande pendant la Seconde Guerre mondiale (1939-1945). Mais l'expérience se transforme en un jeu dangereux sur la puissance du leader suivi par un groupe. Ces évènements sont restés peu connus du grand public jusqu'à la diffusion d'un téléfilm qui a inspiré Todd Strasser pour son récit. L'ouvrage a été écoulé à plus d'un million d'exemplaires en Europe et, depuis vingt ans, il est au programme des lectures dans les écoles allemandes.

# RÉSUMÉ

## UN COURS D'HISTOIRE PEU ORDINAIRE

Au lycée de Gordon, Ben Ross, professeur d'histoire, attend ses élèves de terminale qu'il trouve peu respectueux de l'horaire et des devoirs. Il étudie avec eux la Seconde Guerre mondiale et leur montre un documentaire sur les camps de concentration. À l'issue de la projection, tous s'interrogent sur le manque de réaction de la population allemande. Ben leur explique que « les nazis étaient peut-être une minorité, mais une minorité très organisée, armée et dangereuse » (chapitre II). Les élèves semblent incrédules. Mal à l'aise de n'avoir pas su les éclairer à ce sujet, Ben cherche une explication, mais ne trouve « nulle part de réponse satisfaisante » (chapitre IV). Il imagine alors une expérience pour leur faire comprendre ce qu'il s'est passé.

Certains, comme Laurie, restent bouleversés par le film. Celle-ci est rassurée par son petit ami, David : « C'est de l'histoire ancienne », lui affirme-t-il (chapitre III).

Le lendemain, lorsque les élèves arrivent en classe, ils découvrent une phrase sur le tableau : « La Force par la discipline. » (chapitre V) Ben leur explique que le cours s'articulera autour de la réussite et du pouvoir, deux notions qui intéressent tout le monde. Il prend différents exemples comme les sports, la danse ou l'art, domaines pour lesquels de longues années de discipline, de travail et de contrôle sont nécessaires pour obtenir un résultat.

Ensuite, il leur montre la posture qu'ils doivent adopter et la plupart des élèves l'imitent. Il leur demande dans un deuxième temps de se déplacer dans la classe puis de revenir à leur place. Alors qu'ils sont tout d'abord totalement désordonnés, Ben leur demande de recommencer l'expérience jusqu'à ce que tout se déroule dans l'ordre, puis complexifie l'exercice : les élèves s'organisent en file.

Il établit de nouvelles règles de cours et met en avant l'exemple de Robert, un élève qui ne parvient pas à s'intégrer au groupe et qui est en échec scolaire. Grâce à cela, Robert gagne en popularité et devient en quelque sorte le garde du corps de Ben.

Celui-ci explique à ses élèves qu'ils sont unis par la discipline et la communauté, et qu'ils constituent un mouvement. Il leur fait répéter leur slogan et leur choisit un logo : une vague qui évoque le changement, la direction et le mouvement, et donne ce nom, « la Vague », à la communauté. Il leur montre également un salut. Les élèves sont envahis par un sentiment de « puissance » et d'« unité » (chapitre VI).

Peu à peu, Ben est surpris : le calme et la discipline règnent dans la classe. Quelques élèves, dont Laurie et Brad, se montrent réticents, mais ils finissent par rejoindre le groupe. Le petit ami de Laurie, David, tente de lui transmettre son engouement, mais elle reste mitigée. Elle raconte l'expérience à ses parents. Sa mère est préoccupée : elle estime dangereux de laisser un professeur manipuler ses élèves de la sorte. Elle se demande si la Vague n'est pas une « secte » (chapitre IX).

Après les cours, les garçons de la classe ont l'habitude de se rendre à l'entrainement de football, mais l'équipe multiplie les échecs. Gagnés par les idées de la Vague, ils expliquent à leurs coéquipiers les principes du groupe. Les résultats sont positifs.

La Vague se répand peu à peu en dehors de la classe : les membres sont de plus en plus nombreux. À sa grande surprise, Ben avance même plus rapidement dans la matière, et les élèves préparent mieux leurs cours. De retour chez lui, il discute de l'expérience avec son épouse, Christy, qui enseigne dans le même lycée. Celle-ci s'inquiète de l'ampleur que prend la communauté parce qu'elle commence à se propager en dehors de la classe d'histoire. Mais Ben est excité.

En classe, il donne à ses élèves une carte de membre. Certains sont désignés comme moniteurs : ils doivent surveiller le groupe et veiller au respect des règles. Il ajoute aussi un nouveau mot au slogan : l'Action. Il leur demande d'agir « comme une machine bien huilée » (chapitre VIII) : ils doivent travailler ensemble, en observant les règles et en s'aidant mutuellement. Les élèves apprécient cette nouvelle égalité. De moins en moins à l'aise, Laurie parle de ses doutes à ses camarades, mais ceux-ci prennent mal sa remise en question du groupe.

Au vu de l'ampleur que prend le mouvement, Ben est convoqué chez le principal, M. Owens, qui lui demande des explications. Ben est persuadé que, tant qu'il tiendra son rôle de leader, « cela ne peut dégénérer » (chapitre X). Mais le principal le met en garde.

À la réunion de rédaction, les rédacteurs demandent à Laurie d'écrire un article sur le mouvement. Le jour suivant, lorsqu'elle arrive dans la salle de rédaction, elle découvre une lettre anonyme qui relate l'expérience d'un élève de première année ayant subi des intimidations et des menaces de la part de membres de la Vague.

## UNE EXPÉRIENCE QUI DÉRAPE

Un meeting de la Vague est organisé : les membres tentent de recruter d'autres élèves. Laurie hésite à s'y rendre. Lorsque David lui propose de l'accompagner, elle refuse. Celui-ci est étonné de sa réponse et cherche absolument à la convaincre. Elle lui répond que la Vague n'est qu'une « société pseudo idéale » (chapitre XII). David lui reproche de s'éloigner du mouvement parce qu'elle veut être différente des autres. Ils finissent par rompre. Elle se réfugie alors au journal, et est bientôt rejointe par Carl et Alex qui remarquent que l'école prend un aspect de plus en plus militaire. Ils proposent une réunion d'urgence pour boucler le numéro.

Peu à peu, Ben se sent un peu dépassé. Les élèves prennent des initiatives qu'ils transforment en ordres : ils ont fait de Ben « le chef suprême de la Vague » (chapitre XI).

Le soir, le père de Laurie parle à sa fille : il est inquiet. Il a appris qu'un élève juif de l'école avait été tabassé pour avoir refusé de participer à la Vague. Laurie pense immédiatement à sortir un numéro spécial du journal pour dénoncer les dérives.

Le samedi, jour de match, Laurie veut parler à son amie Amy

des derniers évènements. Mais Brad lui barre la route en lui demandant de faire le salut : elle refuse. Plus tard, elle tente à nouveau de discuter avec Amy, mais elle n'y parvient pas. Celle-ci l'accuse d'être influencée par sa rupture avec David et critique leur amitié qui repose, selon elle, sur l'inégalité.

Le lendemain, la rédaction se réunit chez Laurie, mais plusieurs rédacteurs ne sont pas venus par peur. Ils bouclent l'édition spéciale qui comprend la lettre anonyme, le reportage de Carl sur l'agression du garçon qui a été traité de « sale Juif » (chapitre XIII), des interviews de professeurs et de parents inquiets, et un article éditorial de Laurie.

Les exemplaires du journal sont rapidement vendus. De nouveaux témoignages d'abus et de nouvelles rumeurs apparaissent. C'est l'incrédulité parmi les membres de la Vague : ils jugent que la rédaction a menti. Robert se montre particulièrement hostile envers Laurie en qui il voit une « vraie menace » (chapitre XIV). David et Brian s'interposent : ils vont convaincre Laurie de son erreur.

Du côté de la rédaction, tous se réjouissent du succès du numéro. Mais alors que Laurie quitte tard la salle, elle se rend à son casier sur lequel le mot « ennemie » a été peint. Elle sort alors précipitamment de l'école, se sentant suivie. Sur le chemin, David vient à sa rencontre, mais elle refuse de l'écouter. Il perd alors son sang-froid : il lui ordonne d'arrêter d'écrire des articles et l'agresse. Choqué par son comportement, il réalise les effets néfastes de la Vague.

Ben sent que les évènements lui échappent. Le soir, Christy lui parle des problèmes engendrés par la Vague : des élèves manquent les cours ; la Vague « sème le chaos dans tout le lycée » (chapitre XV) ; il y a eu des plaintes et des psychologues sont intervenus. Elle lui avoue même qu'elle trouve qu'il a changé, qu'il s'est trop investi et qu'il faut tout arrêter. Mais Ben refuse : il est lui aussi pris dans son jeu de leader.

Lorsque David et Laurie viennent frapper à sa porte, Ben prend conscience qu'il a réussi à faire comprendre à ses élèves la peur et la collaboration forcée qui régnait pendant la guerre. Laurie le supplie de mettre fin à l'expérience. Il leur promet de le faire, mais ils doivent garder cela secret.

Le jour suivant, Ben est convoqué chez le principal à qui il demande une journée pour terminer l'expérience et faire comprendre la leçon aux élèves. Le principal accepte. Ben annonce, pendant le cours, un meeting réservé aux membres de la Vague durant lequel l'identité du leader national sera divulguée. David et Laurie s'interposent, mais leurs camarades sont enthousiasmés.

Alors qu'il arrive sur la scène de l'auditorium, Ben est accueilli par les élèves qui spontanément scandent le slogan. Derrière lui, il fait apparaitre le portrait du leader qu'ils auraient pu avoir : Adolf Hitler (homme d'État allemand, 1889-1945). Il leur montre à quel point ils se sont rapprochés des nazis, en renonçant à leurs convictions, au risque de laisser massacrer leurs voisins. Il leur présente des excuses car l'expérience a été trop loin. Les élèves, ébranlés, quittent la salle.

# ÉTUDE DES PERSONNAGES

## LAURIE SAUNDERS

Laurie est une élève de terminale aux cheveux châtains coupés courts. Elle est pleine d'énergie, intelligente et impliquée dans la vie de son école. Elle travaille en effet comme rédactrice en chef du journal scolaire. Depuis quelques années, elle vit une vraie histoire d'amour avec David. Elle est très proche d'Amy qu'elle considère comme sa meilleure amie, mais également de ses parents avec qui elle hésite rarement à parler de sa vie, ses joies et ses difficultés. Son père est directeur de département, et sa mère dirige la Ligue des électrices du comté. De nature anxieuse, cette dernière s'inquiète des évènements que lui rapporte sa fille.

Dès le lancement du mouvement, Laurie semble dubitative face à la Vague. Elle se laisse pourtant emporter par le jeu qui semblait léger et efficace en classe. Petit à petit, elle s'interroge sur le mouvement et en particulier sur la réaction de ses condisciples qui se jettent sans réfléchir dans les activités liées à la Vague. Elle avoue à sa mère comprendre ce que David peut trouver d'intéressant (il a la conviction qu'il va pouvoir « transformer ses coéquipiers en équipe gagnante », chapitre IX), mais elle ne conçoit pas « pourquoi Amy est tombée dans le panneau » (*ibid.*) malgré son intelligence.

Elle retrouve ainsi rapidement son regard critique : elle commence à prendre ses distances avec le mouvement sentant malgré tout la pression des autres membres, voire les menaces à peine déguisées. Elle se réfugie à la rédaction du journal qui apparait comme le lieu de rassemblement des résistants à la Vague. Sa fonction de rédactrice en chef lui cause certes des tracas, mais lui permet aussi de lancer une offensive pour faire part des inquiétudes et dénoncer les abus du mouvement et de ses membres. Le numéro spécial sur la Vague a d'ailleurs un fort retentissement chez les uns et les autres. Il lui vaudra même des disputes et une grosse frayeur.

Laurie est une des rares élèves à garder un regard lucide et critique sur le mouvement qui prend de plus en plus d'ampleur jusqu'à devenir incontrôlable. Elle cherche à sensibiliser et donner l'alerte notamment en allant à la rencontre de son professeur, mais également en publiant le numéro spécial du journal. Prête à se mettre en danger, elle représente la résistance active et engagée. Son appartenance au journal de l'école n'est d'ailleurs pas anodine : elle symbolise la liberté d'expression souvent défendue par la presse en période de guerre.

## AMY SMITH

Amy est la meilleure amie de Laurie. Cependant, elle s'est toujours sentie dans son ombre, obligée « de [se] maintenir à [son] niveau » (chapitre XIV). C'est pourtant une jeune fille jolie (blonde et mince) et intelligente. Elle envie quelque peu la relation qu'ont Laurie et David et s'intéresse à Brian.

La rivalité qui existe entre les deux amies et l'instauration de la Vague les éloignent peu à peu jusqu'à ce qu'Amy avoue ses sentiments à Laurie. La Vague permet donc à Amy de sortir de l'ombre de son amie et d'exister comment elle l'entend : elle ne se sent plus obligée de rien. Il n'y a en effet plus de « petite princesse du lycée » (chapitre XIV) : il n'y a désormais plus de modèle à suivre, chacun est égal.

Aveuglée par ce nouveau sentiment de liberté, elle ressent la force du groupe auquel elle appartient désormais et ferme les yeux sur ce qui pourrait mal tourner dans le mouvement. Elle ne se rend compte de son erreur qu'une fois que la révélation du professeur a eu lieu.

Cette attitude a été celle de très nombreuses personnes dans les années vingt, en Allemagne. Leurs attentes déçues, elles ont adhéré au mouvement nazi.

## BEN ROSS

Ben est un professeur d'histoire maladroit aux cheveux châtains ondulés. Il est à l'origine de la Vague. Il est marié à Christy qui donne cours de musique et de chant dans le même lycée que lui. Très apprécié par ses élèves, il ne fait pas l'unanimité auprès de ses collègues : certains apprécient « son énergie, son dévouement et sa créativité » (chapitre I), ainsi que sa volonté de mettre en pratique l'histoire ; d'autres l'estiment trop jeune et naïf. Très touché par le sujet qu'il enseigne (« Comment était-il possible qu'un individu inflige cela à un autre ? », chapitre II), il tente de comprendre au point d'« oublier le reste du monde » (chapitre IV). L'expérience l'obnubile et il se prend totalement au jeu du leader. Il sait qu'il a poussé l'expérience trop loin, mais il l'a réalisée dans un but pédagogique : que ses élèves comprennent et n'oublient jamais.

## ROBERT BILLINGS

Robert est « le souffre-douleur de la classe » (chapitre I). Il a l'air négligé et s'endort en cours, ce qui attire l'attention de Ben. Il est souvent seul, et les autres élèves le trouvent « bizarre » (chapitre III). Il supporte mal l'image que son frère ainé a laissée dans l'école, celle d'un élève brillant et sportif.

Dans la Vague, Ben fait de lui un exemple, ce qui permet à Robert de se transformer : il se révèle, prend confiance en lui, parvient à se créer une place dans le groupe et prend même des initiatives. Il devient ainsi le garde du corps de Ben. Il prend très au sérieux le mouvement et s'engage intégralement dans la Vague et la défend envers et contre tous. Il a d'ailleurs des réactions violentes à toute opposition car il a « l'impression d'appartenir à un truc spécial » (chapitre XI) : il devient lui-même une sorte de bourreau pour préserver le mouvement qui le voit (re)naitre. À la fin de l'expérience, il est anéanti car il perd tout ce qu'il avait acquis. Heureusement, Ben le prend en charge.

Pour quelqu'un comme Robert, l'égalité et l'esprit de communauté du mouvement sont une opportunité extraordinaire. Sans le mouvement, des personnes comme lui ont le sentiment de ne pas exister. Ils ont donc tout intérêt à le faire durer, de peur de retrouver leur situation de départ.

## DAVID COLLINS

Grand et beau joueur de l'équipe de football, David est le petit ami de Laurie qu'il aime depuis plusieurs années. Proche de la famille de sa petite amie, il se détache progressivement d'elle à mesure que la Vague prend de l'ampleur. Pour lui, le mouvement est transposable à d'autres aspects de sa vie comme le sport. Il voit dans ce mouvement le moyen de mettre fin aux défaites de son équipe, trop peu soudée. Il ne comprend pas la distance que Laurie prend avec le mouvement. C'est seulement lors d'une dispute violente avec elle qu'il prend conscience du caractère dangereux de la Vague.

L'esprit d'équipe et la discipline séduisent des individus comme lui car ils permettent le dépassement de soi et peuvent mener à l'excellence. Comme Robert, David se laisse dépasser par sa volonté de préserver la Vague et devient violent. Il prend ensuite conscience de sa perte de contrôle et se détourne du mouvement.

## BRAD

Brad est un des élèves de la classe de Ben Ross : il n'est ni particulièrement populaire, ni rejeté. Avant la création de la Vague, il aimait particulièrement embêter Robert : c'était « son passe-temps favori » (chapitre I).

Lors des deux premiers cours, il n'est pas très intéressé par le mouvement qui se crée en classe : il se sent « mal à l'aise » comme Laurie (chapitre VI), mais finit par se laisser prendre au jeu, cédant à la pression du groupe. Il finit par en devenir un membre et se montre actif dans le recrutement et la surveillance des gradins lors des matchs de football. Ses doutes transparaissent cependant lors d'une discussion avec Laurie dans les gradins de foot (chapitre XIII). Il applique les ordres reçus sans trop y croire : « C'est ce qu'ils ont décidé [...] les membres de la Vague » (chapitre XIII). Malgré ses doutes, le poids du groupe ne lui permet pas de grandes manœuvres de réflexion. Il suit donc le mouvement sans se rebeller, mais sans en être un grand fervent.

Sceptique dès le départ à propos du mouvement et de ses intentions, Brad a pourtant suivi le mouvement et est devenu un membre qui ne conteste pas les ordres. Il fait partie des individus influençables : comme Asch ou Milgram l'ont démontré, il est sensible à la pression du groupe et à l'autorité. De nombreuses personnes se sont, comme lui, laissé embarquer sans trop contester les ordres.

## CARL BLOCK ET ALEX COOPER

Carl Block et Alex Cooper sont le reporter d'investigation et le critique musical du journal. Le premier est grand, blond et maigre, tandis que le second est brun, plus gros et inséparable de son walkman. Ils entrent en résistance avec Laurie pour dénoncer les effets néfastes de la Vague en participant à l'écriture du numéro spécial du journal du lycée.

Tous deux symbolisent la presse libre et dénonciatrice. Ils n'ont jamais été membres de la Vague et se positionnent clairement en tant que résistants, au côté de Laurie. Comme eux, de nombreux opposants au régime nazi l'ont été depuis la première heure.

## M. OWENS

M. Owens est le principal du lycée. Il est grand et chauve. Ouvert à la nouveauté, il a toutefois un avis assez partagé sur l'expérience : elle n'enfreint aucune règle, mais il reste méfiant. Dès que l'expérience commence à mal tourner, il ordonne à Ben d'y mettre fin ou de démissionner.

## ANONYME

Ce personnage n'a de l'importance que par la réaction qu'il provoque chez Laurie. La lettre déposée à la rédaction du journal fait réagir Laurie qui se rend compte qu'elle n'est pas la seule à se méfier de la Vague.

La résistance peut ainsi être « passive » soit par un refus d'adhérer au mouvement, soit par le témoignage anonyme. Effrayé par les possibles répercussions, les personnes comme lui n'adhèrent pas et tentent parfois de témoigner ou de résister par de petits actes ponctuels. Le silence et l'indifférence sont probablement les réactions les plus courantes dans ce type de situation de guerre. Elles représentent une autre forme de réaction face au totalitarisme.

# CLÉS DE LECTURE

## LE NAZISME

### L'accession au pouvoir d'Hitler

Après la Première Guerre mondiale (1914-1918), Hitler s'intéresse à un parti ouvrier allemand de taille assez modeste qui deviendra le Parti national-socialiste des travailleurs allemands. Maitrisant parfaitement l'art oratoire, il parvient à convaincre les membres du parti de lui en confier la direction en 1921. Après une tentative de coup d'État ratée (1923), il rédige son programme politique et idéologique dans *Mein Kampf* (*Mon combat*, 1925). Dans celui-ci transparait son souhait de voir renaitre l'Allemagne grâce au nationalisme. À ses yeux, la race allemande, définie par sa pureté aryenne (des individus grands et blonds), est supérieure aux autres races (les Juifs, les Noirs, les Slaves).

L'arrivée au pouvoir d'Hitler s'explique notamment par le contexte économique et social de l'époque. L'Allemagne a subi de lourdes conséquences à la suite de la Première Guerre mondiale. Le traité de Versailles (1919) lui a imposé des conditions financières (indemnisation aux vainqueurs) et territoriales (elle perd l'Alsace et la Lorraine) très dures. Dix ans plus tard, suite à la crise économique mondiale, le taux de chômage explose, et la production et les prix chutent. De la même manière qu'Hitler, Ben Ross utilise l'actualité (montée de l'inflation, du chômage et de la criminalité) pour fédérer ses élèves et les pousser plus loin dans le mouvement.

En 1933, Hitler devient chancelier. En quelques mois, il organise le III<sup>e</sup> Reich et devient le *Führer* (« Guide ») : il supprime toute opposition politique en faisant de son parti le parti unique, fait régner l'ordre au moyen de groupes armés (la Gestapo et les SS), rend le service militaire obligatoire et crée de nouveaux emplois dans l'industrie de l'armement. Les races considérées comme inférieures sont persécutées, et la population est contrôlée par la propagande (l'État contrôle les arts et les médias).

Le manque de réaction des Allemands, qui suscite l'incompréhension des élèves de Ben, a été traité par des historiens. Parmi eux, Götz Aly (historien et journaliste allemand, né en 1947) a mis en évidence le fait que le régime nazi a instauré au sein de la population, et surtout aux yeux des plus pauvres, un sentiment d'égalité, notamment en ce qui concerne la distribution de la nourriture et des salaires. Par ailleurs, Hitler a taxé les plus riches et fait en sorte que le reichsmark (unité monétaire officielle de la république de Weimar) soit une monnaie forte. Les spoliations des Juifs ont notamment servi à renflouer les caisses de l'État. Le régime mis en place par Hitler a donc été ressenti comme vecteur de confort matériel : les Allemands jouissaient d'une vie meilleure sans être personnellement engagés.

## La Jeunesse hitlérienne

Lorsque Ben Ross décide de mettre fin à l'expérience, il évoque les jeunes Allemands qui, tout comme ses élèves, se sont dévoués entièrement à une cause.

Dans sa volonté de militariser l'Allemagne, Hitler dissout

toutes les associations de jeunesse et crée la Jeunesse hitlérienne. Dès 1936, il décrète le passage obligatoire par cette institution. Celle-ci a pour but de fournir aux jeunes une éducation physique, intellectuelle et morale correspondant aux idées du national-socialisme. Ils y sont séparés selon leur sexe et leur âge. Les garçons entrent dès l'âge de 6 ans. À 10 ans, ils prêtent serment de fidélité à Hitler. Jusqu'à 18 ans, ils participent aux Jeunesses hitlériennes avant de rejoindre le Service de travail et l'armée. Les filles suivent un système similaire qui les prend en charge de leurs 10 ans jusqu'à leur 21 ans.

Dès le début de la guerre, les jeunes viennent en aide aux pompiers, travaillent dans les usines ou sont chargés de l'évacuation des plus jeunes lors des bombardements. Les plus âgés sont également envoyés au front : ils sont tellement convaincus des idées nazies qu'ils sont prêts à mourir pour retarder l'avancée des Alliés.

## Les camps de concentration et la Shoah

Les Allemands n'ont pas inventé les camps de concentration. D'autres avant eux avaient pensé à emprisonner leurs opposants (les bagnes espagnols à Cuba, les goulags soviétiques), mais les Allemands ont rendu ce système beaucoup plus efficace. Le premier camp de concentration est celui de Dachau (ouvert en mars 1933). Le but est de détruire l'individu par le travail forcé et la peur pour le remettre sur le droit chemin, qui correspond aux idées du parti nazi. Les prisonniers sont soumis à une discipline stricte dans un environnement sale, confiné et entouré de fils électrifiés.

Dès 1939, les chambres à gaz sont utilisées pour éliminer ceux considérés comme « inutiles », à savoir les malades mentaux, les Juifs, les Tziganes et les Slaves. Leurs corps sont ensuite incinérés dans des fours crématoires.

À partir de 1942, les Allemands organisent la solution finale juive, appelée aussi Holocauste (selon un épisode de la Bible qui raconte le sacrifice par le feu d'un animal) et Shoah par les Juifs (« cataclysme » ou « catastrophe » en hébreu). Lorsqu'ils arrivent dans les camps, les Juifs sont divisés en deux groupes : d'un côté se trouvent ceux qui sont jugés aptes au travail, qui seront exploités jusqu'à la mort ; de l'autre ceux qui sont inaptes au travail (femmes, enfants, vieillards), qui sont directement envoyés dans les chambres à gaz. Tous leurs biens et leurs effets personnels sont récupérés. D'autres enfin sont torturés pour des expériences médicales.

Les historiens estiment qu'environ douze-millions de personnes ont été exterminées dans les camps. Mais ce massacre à une telle échelle a été rendu possible par la collaboration des pays occupés. La France a notamment mis en place sous le Régime de Vichy (1940-1944) des lois antijuives et des rafles comme celle du Vel d'Hiv à Paris en 1942.

## LE GROUPE : UN CONCEPT DE LA PSYCHOLOGIE SOCIALE

### La psychologie sociale

Dans les années cinquante, Gordon Allport (psychologue américain, 1897-1967) définit la psychologie sociale comme une tentative pour comprendre et expliquer la manière dont les pensées, sentiments et comportements des individus sont influencés par la présence imaginaire, implicite ou explicite des autres. Il s'agit de connaitre l'impact ou l'influence de la société sur une personne même lorsqu'elle est seule.

À la suite de la Seconde Guerre mondiale et de l'incompréhension générale, des expériences se sont déroulées dans le but de trouver une ou plusieurs explications aux épisodes tragiques et atroces de la guerre. Comment et pourquoi tant de personnes ont-elles pu être aveuglées par un seul homme et son gouvernement ? Parmi les nombreuses expériences, deux ont apporté des réponses :

- **l'expérience d'Asch** (psychologue polonais, 1907-1996), menée dans les années cinquante, vise à démontrer la tendance de quelqu'un à se conformer à l'avis du groupe. Pour ce faire, le chercheur fait passer un test visuel d'apparence très simple : plusieurs complices choisissent à l'unanimité une réponse erronée qu'ils donnent successivement, le sujet de l'étude répond en dernier lieu. Il en ressort que plus de 75 % des personnes testées donnent, au moins une fois, une réponse identique à celle de la majorité même s'il n'est pas convaincu de sa véracité. Sans punition ou motivation externe, un individu peut être influencé par le groupe et aller contre ses valeurs pour se conformer au groupe ;
- **l'expérience de Milgram** (psychologue américain, 1933-1994) qui, sous prétexte d'étudier l'utilité de la punition dans la mémorisation, recrute des participants

par le biais de petites annonces. Derrière cet objectif, il cherche en réalité à savoir jusqu'à quel point un individu est capable d'obéir à une autorité. Pour ce faire, Milgram assigne le rôle d'enseignant aux participants recrutés par petites annonces tandis que le second rôle, celui d'apprenant, est joué par un acteur. L'enseignant envoie des décharges électriques de plus en plus fortes (et de plus en plus dangereuses) à chaque réponse erronée fournie par l'apprenant. Les résultats de l'expérience sont effrayants : tous les participants ont accepté de débuter l'expérience et donc de faire souffrir un inconnu, et environ 60 % ont mené l'expérience jusqu'au bout, au risque de tuer l'apprenant. En outre, ceux qui ont refusé de continuer l'expérience ont attendu un voltage important avant de le faire. Cette expérience a été menée à plusieurs reprises, en divers lieux et ce encore récemment (en 2009, en France) : les résultats restent sensiblement les mêmes.

Les évènements dont s'inspire le roman de Strasser ont eu lieu peu de temps après la réalisation de ces deux expériences sur l'obéissance. L'incident de 1969 tend ainsi à confirmer les résultats obtenus par les expérimentations précédentes qui avaient été menées en milieu fermé, dans des laboratoires. Ron Jones, le professeur concerné, a donné la preuve, à son issu, que des mouvements totalitaires pouvaient encore fonctionner.

## Les motivations

Ces expériences ont démontré l'influence prépondérante de la pression sociale et de la figure d'autorité (comme celle du scientifique dans le cas de Milgram). Il est donc possible de concevoir que les Allemands ayant suivi le mouvement nazi aient été soumis à la combinaison de ces deux influences.

Pourtant, à l'origine, c'est le contenu des discours d'Hitler qui a poussé le peuple à croire en lui. En insistant sur la grandeur perdue de l'Allemagne et de son peuple ainsi que sur la pauvreté qui ronge le pays, il touche les Allemands dont les conditions de vie sont très précaires. Toutefois, il semble impossible de les transférer à des lycéens américains des années soixante-dix. Comment expliquer alors leur comportement ? La force du groupe et la figure d'autorité suffisent-elles à convaincre les lycéens ?

Avec ces trois slogans, « La Force par la Discipline », « La Force par la Communauté » et « La Force par l'Action », à l'aide d'une méthode efficace, Ben Ross est parvenu à faire naitre un sentiment d'appartenance. Le système faisant ses preuves, de nouveaux étudiants se sont ralliés au fur et à mesure, même les plus réticents, du moins pour un moment.

Sans le mouvement, ce sont des adolescents en quête permanente de reconnaissance, de popularité et de réussite. Ils cherchent à se définir, à définir qui ils sont dans le monde dans lequel ils évoluent : le lycée. Dans ce lieu, les divisions sont nombreuses et quelques élus, les populaires, font la loi : ils accordent aux uns, la reconnaissance, aux autres, les moqueries, voire le rejet. Ils tracent ainsi des frontières invisibles, mais bien réelles entre leurs préférés et les autres. Cette partialité de quelques privilégiés disparait dans la Vague au profit d'une égalité totale entre ses membres et d'une volonté d'avancer ensemble. Il est compréhensible que ces valeurs séduisent des jeunes, comme des moins jeunes, qui se sentent dès lors portés par un groupe important, impartial et organisé, comme invincibles.

Le professeur d'histoire a également veillé à la symbolique en mettant quelqu'un de « populaire », Brian, et un « rejeté », Robert, sur un pied d'égalité. Tous deux deviennent moniteurs : ils sont chargés de veiller à la bonne marche du groupe et, le cas échéant, de dénoncer les écarts de conduite. Ils en viennent donc à coopérer. Ben Ross prouve aussi que chacun compte et est important qu'il soit populaire ou non. Les places ne sont donc pas figées à tout jamais, elles peuvent évoluer : Robert était rejeté, il ne l'est plus. Le professeur envoie donc un signe fort.

## LE DEVOIR DE MÉMOIRE : SE RAPPELER, NE PAS OUBLIER ET COMPRENDRE

Lorsqu'il met fin à l'expérience, Ben Ross déclare :

> « Si l'expérience est réussie, [...] vous aurez appris que nous sommes tous responsables de nos actes et que nous devons toujours réfléchir sur ce que nous faisons plutôt que de suivre un chef aveuglément. [...] J'espère que nous partagerons cette leçon jusqu'à la fin de nos jours. Si nous sommes suffisamment intelligents, nous n'oserons pas l'oublier. » (chapitre XVII)

Cette phrase n'est pas sans évoquer le concept de devoir de mémoire : il est nécessaire de se souvenir des évènements atroces de l'histoire pour que de tels actes ne se répètent plus. Mais ce concept complexe divise tant les historiens que les politiques. Pour lutter contre le négationnisme (théorie selon laquelle le massacre des Juifs et les chambres à gaz n'ont jamais existé), certains pays ont décidé d'inscrire dans leur loi la reconnaissance du génocide juif : c'est le cas en France, en Belgique et en Allemagne. Pourtant, de nombreux spécialistes s'accordent pour dire que comprendre les faits est plus important que le devoir de mémoire, comme le souligne Primo Levi (écrivain italien qui a été victime des persécutions juives, 1919-1987) : « Je pense que, pour un homme laïque comme moi, l'essentiel c'est de comprendre et de faire comprendre. » (*Conversations et entretiens*, Paris, 10-18, 2000, p. 242).

La lecture de ce roman permet de comprendre que le devoir de mémoire ne doit pas s'arrêter à la reconnaissance de la Shoah, mais s'étendre à la compréhension sincère et profonde des évènements pour éviter que l'Histoire ne se répète.

# PISTES DE RÉFLEXION

## QUELQUES QUESTIONS POUR APPROFONDIR SA RÉFLEXION...

- À l'aide d'autres exemples de communautés, énoncez les dangers et avantages qui existent dans un groupe ?
- Quel(s) éclairage(s) ce livre apporte-t-il à la phrase de John Stuart Mill (philosophe et économiste britannique, 1806-1873) : « La liberté des uns s'arrête là où commence celle des autres » ?
- Selon Ben Ross, quel est le rôle de l'Histoire ? D'après vous, quel est l'intérêt de l'apprendre ?
- Lorsque l'expérience de Ben commence, il trouve que ses élèves se transforment en « êtres humains » (chapitre VII). Quelle image de l'homme donne-t-il ? En vous aidant d'autres textes, quelle(s) définition(s) pouvez-vous donner de l'être humain ?
- Qu'est-ce qu'une secte ? Quelles en sont les caractéristiques ? La Vague en est-elle une ? Justifiez votre réponse.
- Pourquoi les membres de la Vague veulent-ils convertir tout le monde sans exception ?
- Ce livre prouve qu'une expérience totalitaire est encore possible aujourd'hui. Connaissez-vous d'autres exemples qui le montrent ? Quels moyens avons-nous pour nous en prémunir ?
- En vous basant sur l'ouvrage et l'Histoire, précisez ce qui différencie un régime démocratique d'un régime totalitaire ? Quels éléments sont nécessaires pour passer de l'un à l'autre ?

- Que signifie la remarque de Carl (chapitre XII) : « On dirait que j'ai trouvé le grenier d'Anne Frank [auteur d'un célèbre *Journal*, 1929-1945]. » ?
- Si Ben Ross n'avait pas mis fin lui-même au mouvement, qu'est-ce qui aurait pu mal tourner ? Prenez l'exemple de Robert Billings. Imaginez ce qui aurait pu se produire si le directeur avait dissout le mouvement à sa façon.

*Votre avis nous intéresse !*
*Laissez un commentaire sur le site de votre librairie en ligne*
*et partagez vos coups de cœur sur les réseaux sociaux !*

# POUR ALLER PLUS LOIN

## ÉDITION DE RÉFÉRENCE


- STRASSER T., *La Vague*, traduit de l'anglais par A. Carlier, Paris, Jean-Claude Gawsewitch Éditeur, 2008.


## ÉTUDES DE RÉFÉRENCE


- ALLPORT G.W., « The historical background of modern social psychology », in G. LINDZEY & E. ARONSON, *The Handbook of Social Psychology. Reading*, Addison-Wesley, 1954, consulté le 24 octobre 2016. http://www.psychologie-sociale.eu/?page_id=248
- ALY G., *Comment Hitler a acheté les Allemands ?*, Paris, Flammarion, coll. « Champs Histoire », 2005.
- BLANCHET A. et TROGNON A., *La psychologie des groupes*, Paris, Nathan, coll. « Nathan Université », 1994.
- CHAVOT P. ET MORENNE J.-P., *L'ABCdaire de la Seconde Guerre mondiale*, Paris, Flammarion, 2001.
- FALAISE B., « STRASSER (Todd), *La Vague* », in *Histoire de l'éducation*, volume 121, 2009, p. 137-138, consulté le 24 octobre 2016. http://histoire-education.revues.org/index1816.html
- RIOUX J.-P., « Devoir de mémoire, devoir d'intelligence », in *Vingtième Siècle. Revue d'histoire*, n°73, 2002, p. 157-167, consulté le 24 octobre 2016. www.cairn.info/revue-vingtieme-siecle-revue-d-histoire- 2002-1-page_157.htm
- VONCK V., « Dossier pédagogique réalisé par les Grignoux et consacré au film *La Vague — Die Welle* », in Les Grignoux, 2008, consulté le 24 octobre 2016. http://www.grignoux.

<u>be/dossiers/278/</u>

## ADAPTATION

- *La Vague*, film de Dennis Gansel, avec Jürgen Vogel, Frederick Lau, Max Riemelts, Jennifer Ulrich et Christiane Paul, Allemagne, 2008.
  Ce drame psychologique se révèle être une adaptation actualisée et plus dure de l'expérience. Le réalisateur allemand a transposé le contexte dans un lycée allemand en donnant une dimension supplémentaire : les jeunes Allemands, qui étudient beaucoup le IIIe Reich, sont encore plus convaincus que les autres qu'un nouveau régime fasciste est impossible. Le film se termine aussi de manière plus tragique : Tim, élève isolé et mal dans sa peau, voit dans la Vague le seul moyen d'exister ; lorsque le professeur Rainer met fin à l'expérience, il tire sur un condisciple, avant de se suicider.

ISBN version numérique : 978-2-8062-9130-1
ISBN version papier : 978-2-8062-9131-8
Dépôt légal : D/2016/12603/871

Avec la collaboration de Florence Balthasar pour l'analyse des personnages de Laurie Saunders, Amy Smith, Brad et l'anonyme, ainsi que pour le chapitre « Le groupe : un concept de la psychologie sociale ».

Conception numérique : Primento,
le partenaire numérique des éditeurs.

Ce titre a été réalisé avec le soutien de la Fédération Wallonie-Bruxelles, Service général des Lettres et du Livre.

# Retrouvez notre offre complète sur lePetitLittéraire.fr

- des fiches de lectures
- des commentaires littéraires
- des questionnaires de lecture
- des résumés

---

**ANOUILH**
- Antigone

**AUSTEN**
- Orgueil et
  Préjugés

**BALZAC**
- Eugénie Grandet
- Le Père Goriot
- Illusions perdues

**BARJAVEL**
- La Nuit des
  temps

**BEAUMARCHAIS**
- Le Mariage
  de Figaro

**BECKETT**
- En attendant
  Godot

**BRETON**
- Nadja

**CAMUS**
- La Peste
- Les Justes
- L'Étranger

**CARRÈRE**
- Limonov

**CÉLINE**
- Voyage au bout
  de la nuit

**CERVANTÈS**
- Don Quichotte
  de la Manche

**CHATEAUBRIAND**
- Mémoires
  d'outre-tombe

**CHODERLOS
DE LACLOS**
- Les Liaisons
  dangereuses

**CHRÉTIEN DE TROYES**
- Yvain ou le
  Chevalier au lion

**CHRISTIE**
- Dix Petits Nègres

**CLAUDEL**
- La Petite Fille de
  Monsieur Linh
- Le Rapport
  de Brodeck

**COELHO**
- L'Alchimiste

**CONAN DOYLE**
- Le Chien des
  Baskerville

**DAI SIJIE**
- Balzac et la
  Petite
  Tailleuse chinoise

**DE GAULLE**
- Mémoires
  de guerre
  III. Le Salut.
  1944-1946

**DE VIGAN**
- No et moi

**DICKER**
- La Vérité sur
  l'affaire Harry
  Quebert

**DIDEROT**
- Supplément
  au Voyage de
  Bougainville

**DUMAS**
- Les Trois Mousquetaires

**ÉNARD**
- Parlez-leur de batailles, de rois et d'éléphants

**FERRARI**
- Le Sermon sur la chute de Rome

**FLAUBERT**
- Madame Bovary

**FRANK**
- Journal d'Anne Frank

**FRED VARGAS**
- Pars vite et reviens tard

**GARY**
- La Vie devant soi

**GAUDÉ**
- La Mort du roi Tsongor
- Le Soleil des Scorta

**GAUTIER**
- La Morte amoureuse
- Le Capitaine Fracasse

**GAVALDA**
- 35 kilos d'espoir

**GIDE**
- Les Faux-Monnayeurs

**GIONO**
- Le Grand Troupeau
- Le Hussard sur le toit

**GIRAUDOUX**
- La guerre de Troie n'aura pas lieu

**GOLDING**
- Sa Majesté des Mouches

**GRIMBERT**
- Un secret

**HEMINGWAY**
- Le Vieil Homme et la Mer

**HESSEL**
- Indignez-vous !

**HOMÈRE**
- L'Odyssée

**HUGO**
- Le Dernier Jour d'un condamné
- Les Misérables
- Notre-Dame de Paris

**HUXLEY**
- Le Meilleur des mondes

**IONESCO**
- Rhinocéros
- La Cantatrice chauve

**JARY**
- Ubu roi

**JENNI**
- L'Art français de la guerre

**JOFFO**
- Un sac de billes

**KAFKA**
- La Métamorphose

**KEROUAC**
- Sur la route

**KESSEL**
- Le Lion

**LARSSON**
- Millenium 1. Les hommes qui n'aimaient pas les femmes

**LE CLÉZIO**
- Mondo

**LEVI**
- Si c'est un homme

**LEVY**
- Et si c'était vrai…

**MAALOUF**
- Léon l'Africain

**SCHMITT**
- La Part de l'autre
- Oscar et la
  Dame rose

**SEPULVEDA**
- Le Vieux qui
  lisait des romans
  d'amour

**SHAKESPEARE**
- Roméo et Juliette

**SIMENON**
- Le Chien jaune

**STEEMAN**
- L'Assassin
  habite au 21

**STEINBECK**
- Des souris et
  des hommes

**STENDHAL**
- Le Rouge et
  le Noir

**STEVENSON**
- L'Île au trésor

**SÜSKIND**
- Le Parfum

**TOLSTOÏ**
- Anna Karénine

**TOURNIER**
- Vendredi ou
  la Vie sauvage

**TOUSSAINT**
- Fuir

**UHLMAN**
- L'Ami retrouvé

**VERNE**
- Le Tour
  du monde
  en 80 jours
- Vingt mille
  lieues sous
  les mers
- Voyage au
  centre de
  la terre

**VIAN**
- L'Écume des jours

**VOLTAIRE**
- Candide

**WELLS**
- La Guerre des
  mondes

**YOURCENAR**
- Mémoires
  d'Hadrien

**ZOLA**
- Au bonheur
  des dames
- L'Assommoir
- Germinal

**ZWEIG**
- Le Joueur
  d'échecs

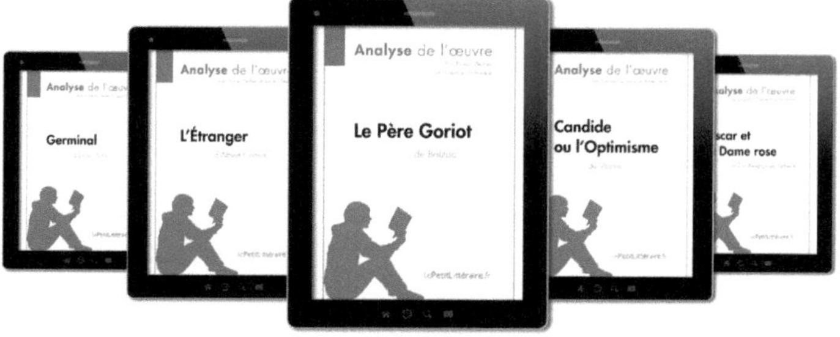